# CONGRÈS INTERNATIONAL

# DES SCIENCES

# ETHNOGRAPHIQUES

—

1re SESSION — PARIS — 15, 16 ET 17 juillet 1878

====

Arrêté Ministériel. — Programme. — Statuts. —
Questions proposées au Comité d'organisation

PARIS

AU SECRÉTARIAT GÉNÉRAL DU CONGRÈS

47, Avenue Duquesne.

—

1878

# ARRÊTÉ MINISTÉRIEL.

Le Ministre de l'Agriculture et du Commerce,

Vu notre arrêté en date du 10 mars 1878, instituant huit groupes de conférences et congrès pendant la durée de l'Exposition universelle internationale de 1878 ;

Vu le règlement général des conférences et congrès ;

Vu l'avis du Comité central des conférences et congrès ;

Arrête :

Art. 1. — Un Congrès international des Sciences Ethnographiques est autorisé à se tenir au Palais du Trocadéro du 15 au 17 juillet 1878.

Art. 2. — M. le Sénateur, commissaire général, est chargé de l'exécution du présent arrêté.

Fait à Paris, le 20 juin 1878.

TEISSERENC DE BORT.

# PROGRAMME

## DU CONGRÈS DES SCIENCES ETHNOGRAPHIQUES.

---

Les travaux sont répartis entre sept sections.

*Section I.* — Ethnogénie : Origine et migrations des peuples.

*Section II.* — Ethnologie : Du développement des nations sous l'influence des milieux ; situation géographique, climat, alimentation.

*Section III.* — Ethnographie théorique : Des différences qui existent entre la race, la nation et l'État ; des nationalités normales et des nationalités factices.

*Section IV.* — Ethnographie descriptive : Distribution et classification des peuples sur la surface du globe.

*Section V.* — Ethique : Mœurs et coutumes des nations.

*Section VI.* — Ethnographie politique : Sur quelles bases repose l'existence des nations ; motifs qui les sollicitent à se grouper entre elles de manière à former de grands États, ou à se subdiviser afin d'obtenir les avantages de la décentralisation.

*Section VII.* — Ethnodicée : Droit international ; de l'étude comparée des législations au point de vue de l'ethnographie.

---

# STATUTS

*Art. 1.* — Le Congrès des Sciences Ethnographiques est fondé par la Société d'Ethnographie dans le but de favoriser, par tous les moyens en son pouvoir, le progrès et la diffusion des études auxquelles elle s'est consacrée.

La Société d'Ethnographie se propose, en outre, au moyen de ce Congrès, de provoquer des voyages, surtout dans les localités les moins fréquentées, de façon à établir das relations avec les savants habitant ces localités.

*Art. 2.* — Les Sessions de ce Congrès seront tenues, tantôt en province, tantôt à l'étranger.

*Art 3.* — Pour être admis membre du Congrès, il faut en adresser la demande au président ou à un membre du Conseil de la Société d'Ethnographie, en joignant à cette demande le montant de la cotisation.

*Art. 4.* — Les membres du Congrès sont de trois classes : 1° les membres donateurs ; 2° les membres titulaires à vie ; 3° les membres titulaires annuels.

*Art. 5.* — Les membres titulaires annuels payent une cotisation de 12 francs pour chaque Session ; les membres titulaires à vie versent, une fois pour toutes, une somme de 120 francs ; les membres donateurs sont ceux qui ont accompagné leur demande d'inscription d'un don de 300 francs, ou plus.

*Art. 6.* — Les membres de toutes les classes reçoivent également le recueil des travaux de chaque Session. Les membres donateurs ont leur nom inscrit en tête de la liste des membres, et ont droit, perpétuellement, à des exemplaires de luxe tirés sur papier vergé, et, s'il y a lieu, avec planches coloriées.

*Art. 7.* — Pour chaqne Session, la Société d'Ethnographie institue un Comité local d'organisation qui élit les membres du bureau de la Session.

*Art. 8.* — Le Bureau se compose : 1º d'un président ; 2º de trois vice-présidents ; 3º de quatre secrétaires ; 4º d'un trésorier. — Un des vice-présidents et un des secrétaires, au moins, sont nommés par la Société d'Ethnographie et choisis parmi ses membres, à l'ouverture de la Session. — Le Bureau est installé, à l'ouverture de chaque Session, en séance publique, par le Bureau de la Session précédente ou par ses délégués.

*Art. 9.* — Dans sa dernière séance, chaque Session choisit, dans une liste de localités qui lui est présentée par la Société d'Ethnographie, la ville où sera tenue la Session suivante.

*Art. 10.* — Les deux tiers des voix des membres présents seront nécessaires pour la désignation de la ville où se tiendra le prochain Congrès, si cette ville est une capitale, à l'étranger, ou une préfecture, en province. Un tiers des voix sera suffisant pour l'élection d'une ville de second ordre, tant à l'étranger que dans les départements français.

*Art. 11.* — Le Comité local d'organisation arrête et exécute toutes les mesures nécessaires pour assurer l'installation et le fonctionnement du Congrès.

*Art. 12.* — La Société d'Ethnographie fixe, d'après les recettes effectuées pour chaque Session, la somme allouée pour la publication des *Mémoires* et pour les autres frais de la Session. En dehors des sommes ordonnancées par la Société, elle n'est responsable d'aucune dépense faite par le Comité local d'organisation.

*Art. 13.* — Les *Mémoires* doivent être publiés dans la localité où s'est tenue la Session. La Société d'Ethnographie fixe le nombre d'exemplaires qui devra lui être fourni, en échange de sa subvention, pour le service des membres souscripteurs.

*Art. 14.* — Un rapport sur les dépenses effectuées pour chaque Session est présenté à la séance de clôture. Les comptes sont arrêtés avant l'impression de la dernière feuille des Mémoires, de façon à pouvoir y être insérés.

*Art. 15.* — La publication des travaux du Congrès est confiée à une commission choisie parmi les membres habitant la ville où a eu lieu le Congrès.

*Art. 16.* — Les livres, manuscrits, objets de collection, etc., offerts au Congrès. sont acquis au pays où la Session a eu lieu : leur destination définitive est déterminée par décision du Comité local d'organisation : cette décision est publiée dans le recueil des travaux de la Session.

*Art. 17.* — Le Comité local d'organisation de chaque Congrès publiera, s'il le juge à propos, un Règlement particulier relatif à ses travaux et à son administration. Ce Règlement ne devra pas être contraire à l'esprit des présents Statuts.

*Art. 18.* — A moins d'une décision contraire du Congrès réuni *in pleno*, seront seules admises, dans les séances, la langue française et la langue du pays où sera tenue la Session.

Dans le cas, où il serait fait une proposition pour l'emploi d'autres langues, l'assemblée sera appelée à décider la question au scrutin secret,

*Art. 19.* — Pendant le cours de chaque Session, la direction des affaires du Congrès est confiée à un Conseil, où chaque nationalité, représentée effectivement au Congrès, devra compter au moins un membre.

*Art. 20.* — Après la clôture de chaque Session, le Comité local d'organisation reprendra ses fonctions jusqu'à l'achèvement de la publication des Mémoires.

*Art. 21.* — Des Règlements Particuliers fixeront, s'il y a lieu, les questions de détail non prévues dans les présents Statuts.


*Le Président,*

**LÉON DE ROSNY.**

*Le Secrétaire-général du Congrès,*

ALPHONSE JOUAULT.

# SOCIÉTÉ D'ETHNOGRAPHIE.

## CONGRÈS DES SCIENCES ETHNOGRAPHIQUES

*1re Session — Paris*

**15, 16 et 17 juillet 1878.**

# QUESTIONS

## PROPOSÉES AU COMITÉ D'ORGANISATION

### SECTION I — ETHNOGÉNIE

1. Quels sont les centres primitifs de la civilisation dans l'ancien et le nouveau monde ?
2. Comment se sont constituées les premières nationalités.
3. Origine et migrations antiques des peuples âryens.
4. Comment s'est opéré le contact civilisateur des peuples de l'Inde âryenne et de la Grèce ancienne.
5. Déterminer si toutes les nations dites *âryennes* appartiennent à une ou plusieurs races différentes.
6. Y a-t-il lieu d'admettre un groupe de nations dites *touraniennes* ?
7. Quels ont été les premiers rapports civilisateurs des nations âryennes avec les nations sémitiques ?

8. De la route suivie par les navigateurs qui ont opéré le peuplement de l'Océanie.

9. Y a-t-il lieu d'admettre un foyer unique de civilisation pour les peuples de l'Amérique anté-Colombienne ?

10. Quelle a été la marche des nations civilisatrices au Mexique ?

11. D'où provient la civilisation de la région isthmique de l'Amérique Centrale (Palenqué, Uxmal, Copan, etc.).

12. Quelles sont les limites extrêmes des migrations Caffres et Hottentotes, dans l'Afrique Centrale ?

13. Origine et migrations primitives des Chinois.

14. De la provenance des conquérants Japonais au VIIᵉ siècle avant notre ère.

15. Route des migrations bouddhiques dans la direction de la Corée.

16. Origine et formation des nationalités européennes.

17. De la formation des Etats-Unis d'Amérique ; comment et depuis quelle époque peut-on dire que le peuple des Etats-Unis forme une nationalité.


## SECTION II — ETHNOLOGIE


1. Théorie des milieux ; la lutte pour l'existence. — Dans quelles limites le climat, la situation géographique et le mode de nourriture peuvent-ils contribuer à altérer les caractères essentiels d'une nation ? De quelle manière l'influence pernicieuse des milieux peut-elle être neutralisée par les mœurs et les institutions ?

2. De l'influence du climat sur le développement intellectuel des nations.

3. Des modifications qui résultent, dans le développement des nations, de leur situation géographique. Populations des versants de montagnes ; populations maritimes ; etc.

4. Influence des divers genres de nourriture sur le caractère et le développement des peuples.

5. Du métissage. Les métis au Brésil et au Chili ; les Bois-Brûlés de l'Amérique septentrionale.

6. Des avantages et des inconvénients du métissage au point de vue du développement des nations.

7. Des races qui disparaissent au contact des races étrangères, et de celles qui absorbent l'élément étranger, en se l'assimilant ou en lui faisant subir de profondes modifications. — Les colons anglo-saxons et germaniques ; — les Espagnols au Mexique et dans l'Amérique du Sud ; — les Chinois et les nations qui les ont successivement subjugués ; — les Aïnos et les Japonais ; — les Berbères et les Arabes.

8. Les migrations ethniques et militaires.

9. Influence des institutions sur le caractère des peuples.

10. Du mode de vie le plus favorable pour améliorer la condition physique d'un peuple.

11. Des causes d'augmentation ou de diminution dans le nombre des individus qui composent une nation.

12. Des aptitudes caractéristiques des races et des nationalités.

13. De l'habitat primitif de l'humanité.

14. Essai étymologique sur les différentes formes que le nom des peuples a pu prendre, à diverses époques et dans diverses langues. — Quelles améliorations on peut introduire dans l'orthographe ethnographique, et des meilleurs moyens de transcrire dans l'alphabet latin les noms écrits en caractères étrangers à cet alphabet.

## SECTION III — ETHNOGRAPHIE THÉORIQUE

1. Des différences qui existent entre la race, la nation et l'Etat.

2. Des nationalités normales et des nationalités factices.

3. Du rôle de l'anthropologie et de la linguistique dans la classification ethnographique.

4. Des nationalités composées d'éléments ethniques hétérogènes. — Des nationalités polyglottes. — Des nationalités sans patrie.

5. Des conditions d'existence et de durée des nationalités normales.

6. Des zones frontières des nationalités, et des populations mixtes qui les occupent.

7. Des rapports entre les nationalités rattachées à une même race, et entre les nationalités rattachées à plusieurs races différentes.

8. De la condition d'existence de l'Etat dans les régions occupées par des populations de races, de nationalités ou de langues différentes.

9. De l'Ethnographie considérée comme science de la destinée humaine.

10. De l'unité et de la variété nécessaires dans les institutions des peuples.

## SECTION IV

### ETHNOGRAPHIE DESCRIPTIVE

1. Délimitation des populations wallones, flamandes et hollandaises, en Belgique et dans les Pays-Bas.

2. Populations Scandinaves des côtes de la Baltique.

3. Eléments Scandinaves et Suomis en Finlande.

4. Des populations latines dans l'Europe Orientale, et des populations Slaves dans l'Europe Méridionale, notamment en Italie.

5. Des éléments constitutifs de la population dans le bassin du Danube.

6. Des populations turques et mongoles de la Russie Européenne.

7. Classification des populations de l'Inde transgangétique.

8. Zones limitrophes des populations turques et mongoliques dans l'Asie Centrale.

9. Ethnographie de l'Arabie.

10. Délimitation des populations dravidiennes de l'Inde.

11. Des éléments de la population océanienne qui n'ap-

partiennent pas à la grande famille dite *polyné-sienne*.

12. Des populations riveraines de l'Océan glacial arctique.


## SECTION V — ÉTHIQUE (Mœurs des Nations)


1. Domaine et statistique de la polygamie sur le globe.

2. De la polyandrie, et des conséquences de cette coutume considérée parallèlement avec la monogynie.

3. De l'idée que professent les différents peuples au sujet d'une existence d'outre-tombe.

4. Du gouvernement théocratique ou religieux, et de la vie monastique. — Les couvents de femmes dans l'Inde et en Chine.

5. Condition comparée de la veuve chez les différents peuples.

6. Des castes : classes nobiliaires; classes serviles. — Les Kchattriyas et les Pâryas de l'Inde ; les Daimyaux et les Yeta du Japon ; les Bohémiens.

7. Des nations communistes. — Le communisme en Russie, en Chine, dans l'ancien Pérou et aux Etats Unis.

8. De la peine de mort, et de la solidarité criminelle parmi les membres d'une même famille. Responsabilité des magistrats et des voisins du coupable.

9. Des funérailles chez les différents peuples : pratiques religieuses et hygiéniques.

10. Situation faites aux hommes de science dans les différents Etats anciens et modernes.


## SECTION VI — ETHNOGRAPHIE POLITIQUE


1. Sur quelles bases repose l'existence des nations. Motifs qui les sollicitent à se grouper entre elles de manière

à former de grands Etats ou à se subdiviser, afin d'obtenir les avantages de la décentralisation.

Des conditions d'équilibre international.

Caractères constitutifs de la souveraineté chez une nation. De la reconnaissance d'une nationalité par les autres Etats.

Des Etats neutres, et des conditions de neutralité pour les Etats non neutralisés.

Des garanties internationales.

Economie du globe. Des questions d'économie générale du globe qui intéressent l'humanité toute entière, et ne peuvent en conséquence être abandonnées à la discrétion d'une fraction quelconque de l'humanité.

Quelles sont les situations matérielles les plus avantageuses au développement des peuples ?

Moyens employés pour fournir la subsistance aux pays placés dans des conditions climatologiques peu avantageuses.

Concours du commerce et de l'industrie pour créer et répartir entre les peuples les forces productrices de la nature.


## SECTION VII — ETHNODICÉE (Droit international)

Le droit dans l'Ethnographie.

Droits et devoirs réciproques des nations, fondés sur cette idée que ce n'est ni la race, ni la langue, ni la religion qui sont la base de la nationalité, mais un but commun d'activité.

De l'indépendance des Etats secondaires, et des garanties auxquelles ils ont droit.

De la justice internationale. — Extradition.

Situation des étrangers hors chrétienté.

Des liens que produit pour l'individu la nationalité au point de vue des droits de famille et de propriété.

De l'esclavage. — Traitement des races inférieures.

Du refoulement, au point de vue de la justice, des

races inférieures récemment découvertes dans le
différentes parties du globe.

9. Droits imprescriptibles des peuples et devoirs qui leu
incombent, suivant la place qu'ils ont conquise dan
la civilisation. — Etudier spécialement les rapport
de la race latine avec les indigènes du Mexique, d
l'Amérique Centrale et Méridionale (absorption d
vainqueur par le vaincu), et d'autre part, la conduit
des Anglo-Saxons envers les Peaux-Rouges de l'A
mérique Septentrionale (extermination)

10. Du droit de colonisation.

11. Du droit d'occupation des territoires inoccupés et de
charges qui incombent aux occupants.

12. Des caractères qui constituent l'occupation effectiv
d'un territoire et de ceux qui établissent l'abandor
d'un territoire momentanément occupé.

13. Droit et devoir des colonies qui veulent se détacher d
la Mère-Patrie.

14. De la législation internationale et de l'unification de
lois et coutumes intéressant l'humanité toute en
tière.

15. De l'étude des législations comparées au point de vu
de l'Ethnographie.

16. De la constitution de la propriété et des conséquence
des divers systèmes sur le développement des natio
nalités.

---

N. B. Toutes les personnes qui s'intéressent aux diverses branches d
l'Ethnographie, sont priés de vouloir bien envoyer au Secrétariat génér
du Congrès, 47, Avenue Duquesne. les questions et les mémoires qu'i
auront l'intention de soumettre à l'examen des Sections.

Lesseps (le baron Jules DE), agent de S. A. le Bey de Tunis.

Levasseur, membre de l'Institut, professeur au Collège de France.

Madier de Montjau (Edouard), président de la Société Américaine de France, secrétaire-perpétuel de la Société d'Ethnographie.

Malte-Brun, ancien secrétaire-général de la Société de Géographie.

Marescalchi (le comte), ministre plénipotentiaire.

Montblanc (le comte DE), président de la Société des Etudes Japonaises.

Périnelle (Charles), membre de la Société d'Ethnographie, à Paris.

Rosny (Léon DE), professeur à l'Ecole spéciale des langues orientales, président de la Société d'Ethnographie.

Saussier (le général).

Semallé (René DE), membre de la Société Américaine de France, à Paris.

Thirion (Charles), ingénieur civil.

Vente, conseiller à la Cour de Cassation.

Vincent (Edouard), *trésorier*.

Paris. — Imprimerie de la *Revue Orientale et Américaine*, chez Léon de Rosny, 47, Avenue Duquesne.

PREMIÈRE SESSION — PARIS — 1878

—

## COMITÉ FRANÇAIS

—

ARBOIS DE JUBAINVILLE (D'), correspondant de l'Institut.

CARNOT, sénateur, ancien ministre de l'Instruction publique, président d'honneur de la Société d'Ethnographie.

DILHAN, secrétaire-général de l'Institution Ethnographique.

DULAURIER (Aug.), attaché au Ministère de l'Agriculture et du Commerce.

DUPRAT (Pascal), député de la Seine.

FAUSTIN HÉLIE, président honoraire à la Cour de Cassation, membre de l'Institut.

GIRARDIN (Emile DE), député.

HENRI MARTIN, sénateur, membre de l'Académie française.

HERVEY DE SAINT-DENYS (le marquis D'), membre de l'Institut, professeur au Collège de France.

JOUAULT (Alphonse), publiciste, secrétaire-général de la Société Américaine de France.

LEGRAND (le Dr), vice-président de l'Institution Ethnographique.

LENORMANT (François), professeur à la Bibliothèque Nationale.

LESOUEF, président de l'Athénée Oriental.